कुमार अम्बुज

जन्म : 13 अप्रैल, 1957, ग्राम मँगवार, ज़िला गुना, मध्यप्रदेश।

शिक्षा : वनस्पति शास्त्र में स्नातकोत्तर। फिर क़ानून की पढ़ाई।

प्रकाशन : छह कविता संग्रह—'किवाड़', 'क्रूरता', 'अनंतिम', 'अतिक्रमण', 'अमीरी रेखा', 'उपशीर्षक'। तीन प्रतिनिधि कविता संचयन—'प्रतिनिधि कविताएँ', 'कवि ने कहा', '75 कविताएँ'। दो कहानी संग्रह—'इच्छाएँ', 'मज़ाक़'। दो अन्य गद्य पुस्तकें—'थलचर' (डायरी, टिप्पणियाँ), 'मनुष्य का अवकाश' (वैचारिक निबन्ध)। सम्पादन—'वसुधा' पत्रिका कवितांक-1994, 'क्या हमें चुप रहना चाहिए' (गुजरात दंगों पर केन्द्रित संकलन), अनेक वैचारिक बुलेटिन और पुस्तिकाएँ।

विश्व सिनेमा पर अनेक निबन्ध प्रकाशित। रूसी, जर्मन, अंग्रेज़ी, नेपाली और मलयालम, मराठी, पंजाबी, उड़िया, बांग्ला, कोंकणी आदि विदेशी एवं भारतीय भाषाओं में उनकी कविताओं, कहानियों, निबन्धों, आलेखों के अनुवाद हुए। संसार के चर्चित कुछ कवियों की कविताओं के अनुवाद भी किए।

सम्मान : 'भारतभूषण अग्रवाल स्मृति पुरस्कार', 'माखनलाल चतुर्वेदी पुरस्कार', 'वागीश्वरी पुरस्कार', 'श्रीकांत वर्मा सम्मान', 'गिरिजा कुमार माथुर सम्मान', 'केदार सम्मान', 'छाप सम्मान'।

ई-मेल : kumarambujbpl@gmail.com

क्रूरता

जुलाई '90 से जुलाई '95 तक की कविताएँ

कुमार अम्बुज

राधाकृष्ण पेपरबैक्स

पहला पुस्तकालय संस्करण
राधाकृष्ण प्रकाशन प्राइवेट लिमिटेड द्वारा
1996 में प्रकाशित

राधाकृष्ण पेपरबैक्स में
पहला संस्करण : 1996
तीसरा संस्करण : 2025

© कुमार अम्बुज

राधाकृष्ण पेपरबैक्स : उत्कृष्ट साहित्य के जनसुलभ संस्करण

राधाकृष्ण प्रकाशन प्रा. लि.
जी-17, जगतपुरी, दिल्ली-110 051
द्वारा प्रकाशित

शाखाएँ : अशोक राजपथ, साइंस कॉलेज के सामने, पटना-800 006
पहली मंजिल, दरबारी बिल्डिंग, महात्मा गांधी मार्ग, प्रयागराज-211 001
1, अनमोल सोराबजी सन्तुक लेन, धोबी तलाव, मरीन लाइंस, मुम्बई-400 002
वेबसाइट : www.radhakrishnaprakashan.com
ई-मेल : info@radhakrishnaprakashan.com

विकास कम्प्यूटर एंड प्रिंटर्स
ट्रॉनिका सिटी-201 102
द्वारा मुद्रित

मूल्य : ₹250

KROORTA
Poems by Kumar Ambuj

ISBN : 978-81-8361-090-2

पिता के लिए,
जो रोज़ मेरे साथ जीवित हो जाते हैं।

प्रथम संस्करण की भूमिका से

कोशिश

जब भावुकता लगभग निरीहता का पर्याय मानी जा चुकी हो, तब कुछ भी कहना एक नए जोखिम की तरफ़ जाना है। यह जोखिम सभी के साथ है। इसमें वे लोग भी उतने ही शामिल हैं जो साहित्य या कला से सम्बन्ध नहीं रखते लेकिन गम्भीरता से कुछ सोचने-विचारने का काम करते हैं।

सामाजिक जीवन में, संविधान में और निजी दिनचर्या में लगातार संशोधन किए जा रहे हैं ताकि नए जीवन से तालमेल बैठाया जा सके। इस नए में बेहतर क्या है और कितना है, यह विचार करने का समय इस आपाधापी में जैसे किसी के पास नहीं रह गया है। जो रुककर सोचता है वह हास्यास्पद हो जाता है। संस्कृति अब राज्य की वस्तु है।

विकल्प की सुविधा और असहमति की स्वतंत्रता लगातार कम हो रही है।

जो लोग जीवित हैं वे सिर्फ़ इसलिए कि दूसरों के रास्ते में नहीं हैं। रोज़ की घटनाएँ बताती हैं कि बुराइयों को न केवल सामाजिक स्वीकृति मिल रही है बल्कि वे एक तरह की प्रतिष्ठा का कारण भी

बन रही हैं। चीज़ें इतनी तेज़ी से बदल रही हैं कि एक नया दर्शन भी बहुत जल्दी ही, बहुत पुराना नज़र आने लगता है। एक वाक्य भी कहना, उसे ही काटे जाने की भूमिका तैयार करने जैसा है।

फिर भी, कुछ बातें हैं, जिनमें विश्वास किया जा सकता है। उन बातों को खोजने की कोशिश तमाम अनास्था और निराशा के वातावरण के बावजूद होती रही है। मैं इस कोशिश में, अपने आपको बहुत विनम्रता से शामिल पाता हूँ।

संग्रह के प्रकाशन हेतु श्री अशोक महेश्वरी की आत्मीयता रेखांकित करते हुए उन्हें धन्यवाद ज्ञापित करता हूँ।

1996 **—कुमार अम्बुज**

क्रम

क्रूरता

नागरिक पराभव

बहुत पहले से प्रारम्भ करूँ तो
उससे डरता हूँ जो अत्यंत विनम्र है
कोई भी घटना जिसे क्रोधित नहीं करती
बात-बात में ईश्वर को याद करता है जो
बहुत डरता हूँ अति धार्मिक आदमी से

जो मारा जाएगा अगले दिन की बर्बरता में
उसे प्यार करना चाहता हूँ
कक्षा तीन में पढ़ रही पड़ोस की बच्ची को नहीं पता
आनेवाले समाज की भयावहता
उसे नहीं पता उसके कर्णफूल
गिरवी रखे जा चुके हैं विश्व-बैंक में
चिन्तित करती है मुझे उसके हिस्से की दुनिया

एक छोटा-सा लड़का आठ गिलास का छींका उठा कर
आसपास के कार्यालयों में देता है चाय
सबके चाय पीने तक देखता है सादा आँखों से
सबका चाय पीना

मैं एक नागरिक देखता हूँ उसे नागरिक की तरह
धीरे-धीरे अनाथ होता हूँ

ठीक करना चाहता हूँ एक-एक पुरज़ा
मगर हर बार खोजता हूँ एक बहाना
हर बार पहले से ज़्यादा ठोस और पुख़्ता
मेरी निडरता को धीरे-धीरे चूस लेते हैं मेरे स्वार्थ

अब मैं छोटी-सी समस्या को भी
एक डरे हुए नागरिक की तरह देखता हूँ
सबको ठीक करना मेरा काम नहीं सोचते हुए
एक चुप नागरिक की तरह हर ग़लत काम में शरीक होता हूँ
अपने से छोटों को देखता हूँ हिक़ारत से
डिप्टी कलेक्टर को आता देख कुर्सी से खड़ा हो जाता हूँ
पड़ोसी के दुःख को मानता हूँ पड़ोस का दुःख
और एक दिन पिता बीमार होते हैं तो सोचता हूँ
अब पिता की उमर हो गई है

अंत में मंच संचालन करता हूँ
उस आदमी के सम्मान समारोह का जो अत्यंत विनम्र है
चरण छूता हूँ जय-जयकार करता हूँ उसी की
जो अति धार्मिक है
और फिर एक बच्ची को देखता हूँ
प्लास्टिक की गुड़िया की तरह
जैसे चाय बाँटते बहुत छोटे बच्चे को
नौकर की तरह।

डर

आख़िर मेरे पड़ोस में नए समाज की दहशत आती है
और मुझमें पड़ोस की
अचानक अविश्वसनीय हो जाता है एक प्राचीन विश्वास
मुस्कराने पर भी कम नहीं होती आँखों की कठोरता
इससे पहले कि नरम पड़े कठोरता का छिलका
एक और भीड़ गुज़र जाती है बग़ल की सड़क से
तब तक सारे आवरण हट चुके होते हैं
सब एक-दूसरे को अपने गोपनीय विचारों के साथ दिख रहे होते हैं
भीतर जो आरी चलती है
उसकी आवाज़ सुनाई देती है बाहर तक

सबसे बड़ा डर है
कोई अपना शत्रु ठीक से नहीं पहचानता
मैं मारा जा सकता हूँ सिर्फ़ इसलिए
कि नज़र आऊँ किसी को अपने शत्रु की तरह
और उतना ही मुमकिन है
मैं अपने डर की वजह से मार दूँ किसी को

अभी तक सीखते रहे संभव है लोगों को मित्र बनाया जाना
मगर सीख रहे हैं लगातार
संभव रह गया है अब सिर्फ़ शत्रु बनाया जाना
कई बार तो हम किसी को अपना मित्र बनाते हुए भी
उसे किसी दूसरे का शत्रु बना रहे होते हैं
ज़्यादा डरने पर करते हैं यही काम सामूहिक तौर पर
और सोचते हैं इस तरह बच जाएँगे हम

मगर ठीक-ठीक समझ नहीं आता किससे डरें और किससे बचें
हर आदमी डरा हुआ है इसलिए हर आदमी से ख़तरा है
सबसे ज़्यादा भयावह है कि कोई स्वीकार नहीं करता अपना डर
मैं डरता हूँ कि एक डरे हुए निडर समाज में रहता हूँ
जहाँ नहीं पहचान सकता अपने मित्रों को अपने शत्रुओं को
बस, देखता हूँ सबके अन्दर एक डर है
जो डराता है लगातार।

उजाड़

वहाँ इतना उजाड़ था कि दर्शनीय स्थल हो गया था

दूर-दूर से आ रहे थे लोग
छुट्टी का दिन था सो
बहुत थीं लड़कियाँ और स्त्रियाँ भी
आबादी से ऊबे हुए लोगों की एक नई आबादी थी वहाँ
इतिहासकारों और जिज्ञासु छात्रों का भी एक झुंड था
एक दार्शनिकनुमा आदमी एक तरफ़
अपने कैमरे से खींच रहा था उजाड़

धूप तेज़ थी और उजड़ गई चीज़ों पर गिर रही थी
चीज़ों की उदासी चमक रही थी धूप में
जैसे भीड़ को देख कर
मरियल गाइड की आँखें

एक सभ्यता का ध्वंस था वहाँ
कुछ लिपियाँ थीं
और चित्रकला की प्रारम्भिक स्थितियाँ

चट्टानों के बीच गूँजती थी वहाँ पूर्वजों की स्मृति

लोगों ने उजाड़ को रौंदते हुए
उसे बदल डाला था मौज-मस्ती में
हम सबके चले जाने के बाद शायद
निखार पर आएगा उजाड़ का सौंदर्य
साँझ होगी और उजाड़, मैंने सोचा—
अपनी गुफा में रहने चला जाएगा
जिस तरह अपने अकेलेपन में
मनुष्य वापस जाता है अपने ही भीतर

उजाड़ और मनुष्य के अकेलेपन को
आज तक किसी ने नहीं देखा है।

मुलाक़ात

कल शाम पिता के पुराने दोस्त से मिलना हुआ
उन्होंने मुझे पुरानी शिकंजी पिलाई
मेरे बचपन के जादुई क़िस्से सुनाए
और वे सब शरारतें ख़ुश होकर बताईं
जिन पर अब मैं डाँटता हूँ मेरे बेटों को

फिर कुछ याद करते हुए
पीले पुराने काग़ज़ों के ढेर में से एक तस्वीर निकालकर दी
तस्वीर के आदमी को मैं एकदम पहचान न पाया
वह मेरे पिता की तस्वीर थी
जब वे गाँव से सीधे शहर आए थे
उनकी मूँछें भी ठीक तरह से नहीं आई थीं
वे औचक तरीक़े से देख रहे थे कैमरे की तरफ़
उनके इतने बाल थे कि बुढ़ापे के गंजेपन के बारे में
मुश्किल थी कोई भविष्यवाणी

उन्होंने मुझे मेरे बचपन के उस नाम से कई बार पुकारा
जिसे मैं भूल चुका था लगभग

उन्होंने मुझे खिलाया था अपनी गोद में
और अब पूछ रहे थे मेरे बच्चों के बारे में
बीच-बीच में उन्होंने अपनी चार लड़कियों के विवाह की
चिन्ता भी जताई
और दूसरे प्रसंग से
क़स्बे में बढ़ती गुंडई के बारे में विवश नाराज़गी भी
वे चाहते थे मैं खाना खाकर जाऊँ
उन्होंने ज़िद की
रसोईघर से बर्तन गिरने की आवाज़ पर वे चौंके
मगर उन्होंने ज़िद की

उनके रिटायरमेंट को एक साल बचा था
उनकी प्रॉविडेंट फंड की किताब अधूरी थी
राजनीति और धर्म का सम्बन्ध उन्हें दहेज-समस्या के
आसपास का लग रहा था
वे अपने रिटायरमेंट को लेकर चिन्तित थे
मगर वे अपनी चिन्ता छिपाते हुए
बार-बार पूछ रहे थे मेरी नौकरी के बारे में
यह जानकर कि जल्दी ही हो जाएगा मेरा तबादला
वे उसी तरह उदास हो गए
जिस तरह पिता मुझे पहली नौकरी पर जाते देखकर हुए थे

रात का पहला अँधेरा हुआ ही था कि बिजली चली गई
मैं बेचैन हुआ अँधेरे से
मगर वे उतने ही उत्साह से बातें करते रहे
बीच में उन्होंने कहा कि अँधेरा बातचीत में दख़ल नहीं देता
बल्कि अँधेरे में की गई आवाज़
ज़रा ज़्यादा ही साफ़ सुनाई देती है
अँधेरे में पुराने कलदार की तरह बज रही थी उनकी आवाज़
बोले, इधर की फ़िल्में बहुत ख़राब हो गई हैं

हालाँकि वे पिछले पन्द्रह साल से कोई फ़िल्म नहीं देख सके थे
फिर उन्होंने पृथ्वीराज कपूर के अभिनय
और सहगल के गानों की याद की
देर रात जब मैं चलने लगा
तो पिता की तस्वीर देते हुए बोले कि फिर आना
एक लम्बी पुरानी गली में बहुत दूर तक चलता रहा मैं
वे फिर आने की उम्मीद में देखते रहे
मेरा जाना।

चाय की गुमटी

वह रास्ते से एक तरफ़ थी
लेकिन बहुत-से लोगों की ज़िन्दगी के रास्ते में पड़ती थी
छोटी-सी ढलान थी वहाँ
जो थके हुए राहगीरों को बुलाती थी आवाज़ देकर
कई बार वहाँ ऐसे लोग भी आते रहे जिन्हें नहीं होती चाय की तलब
वे ऊबे हुए लोग रहा करते जिन्हें कहीं और नहीं मिल पाती थी शान्ति
उस ढलान से लुढ़कता रहा दफ़्तरों का बोझ
वहीं छूटती रहीं घर-गृहस्थी की चिन्ताएँ
नए लगाए गए करों और अनन्त महँगाई के बीच
वहाँ पचहत्तर पैसे की चाय थी चीज़ों को दुर्लभ होने से बचाती हुई
विद्वानों को पता नहीं होगा लेकिन वह गुमटीवाला
पिछले कई सालों से वित्तमंत्री की खिल्ली उड़ा रहा था

काम पर जाते मज़दूर इकट्ठा होते रहे वहाँ
कभी भी पहुँच सकते थे आसपास रहनेवाले विद्यार्थी
रिक्शेवाले, अध्यापक, दफ़्तर के बाबू
हर एक के लिए जगह थी वहाँ
बेंच कुल एक थी और एक स्टूल

जिन पर धूल और पसीने के अमर दाग़ थे
उनका सौंदर्य बुलाता रहा दुःखी लोगों को बार-बार
आसपास की जगहें पहचानी जाती रहीं चाय की गुमटी से
अजनबियों को बताया जाता रहा—'वहाँ, उस गुमटी से दाएँ'
एक दिन मैं अपने दोस्त के साथ वहाँ गया
मन ही मन शर्मिंदा होता हुआ कि मेरे शहर में कोई जगह ऐसी नहीं
जहाँ मैं उसे, बाहर से आए उत्सुक आदमी को, ले जा सकूँ,
खाली नहीं थे, बेंच और स्टूल
हमने एक बड़े पत्थर पर बैठकर
एक पेड़ के नीचे चाय पी
फिर एक-एक कट और

दोस्त ने कहा
यह कितनी ख़ूबसूरत जगह है
जो हर शहर में होती है
लेकिन हर किसी को ख़ूबसूरत नहीं लगती।

क्रूरता

धीरे-धीरे क्षमाभाव समाप्त हो जाएगा
प्रेम की आकांक्षा तो होगी मगर ज़रूरत न रह जाएगी
झर जाएगी पाने की बेचैनी और खो देने की पीड़ा
क्रोध अकेला न होगा वह संगठित हो जाएगा
एक अनंत प्रतियोगिता होगी जिसमें लोग
पराजित न होने के लिए नहीं
अपनी श्रेष्ठता के लिए युद्धरत होंगे

तब आएगी क्रूरता
पहले हृदय में आएगी और चेहरे पर न दिखेगी
फिर घटित होगी धर्म-ग्रंथों की व्याख्या में
फिर इतिहास में और फिर भविष्यवाणियों में
फिर वह जनता का आदर्श हो जाएगी
निरर्थक हो जाएगा विलाप
दूसरी मृत्यु थाम लेगी पहली मृत्यु से उपजे आँसू
पड़ोसी सांत्वना नहीं एक हथियार देगा

तब आएगी क्रूरता और आहत नहीं करेगी हमारी आत्मा को

फिर वह चेहरे पर भी दीखेगी
लेकिन अलग से पहचानी न जाएगी
सब तरफ़ होंगे एक जैसे चेहरे
सब अपनी-अपनी तरह से कर रहे होंगे क्रूरता
और सभी में गौरव-भाव होगा
वह संस्कृति की तरह आएगी उसका कोई विरोधी न होगा
कोशिश सिर्फ़ यह होगी कि किस तरह वह अधिक सभ्य
और अधिक ऐतिहासिक हो

वह भावी इतिहास की लज्जा की तरह आएगी
और सोख लेगी हमारी सारी करुणा
हमारा सारा श्रृंगार
यही ज़्यादा संभव है कि वह आए
और लम्बे समय तक हमें पता ही न चले उसका आना।

चँदेरी

चँदेरी मेरे शहर से बहुत दूर नहीं है
मुझे दूर जाकर पता चलता है
बहुत माँग है चँदेरी की साड़ियों की

चँदेरी मेरे शहर से इतनी क़रीब है
कि रात में कई बार मुझे
सुनाई देती है करघों की आवाज़
जब कोहरा नहीं होता
सुबह-सुबह दिखाई देते हैं चँदेरी के क़िले के कँगूरे

चँदेरी की दूरी बस इतनी है
जितनी धागों से कारीगरों की दूरी

मेरे शहर और चँदेरी के बीच
बिछी हुई है साड़ियों की कारीगरी
इस तरफ़ से साड़ी का छोर खींचो तो
दूसरी तरफ़ हिलती हैं चँदेरी की गलियाँ

गलियों की धूल से
साड़ी को बचाता हुआ कारीगर
सेठ के आगे रखता है अपना हुनर
चँदेरी मेरे शहर से बहुत दूर नहीं है
मुझे साफ़ दिखाई देता है सेठ का हुनर

मैं कई रातों से परेशान हूँ
चँदेरी के सपने में दिखाई देते हैं मुझे
धागों पर लटके हुए कारीगरों के सिर

चँदेरी की साड़ियों की दूर-दूर तक माँग है
मुझे दूर जाकर पता चलता है।

बाज़ार

पिछले कई सालों से मैं बाज़ार नहीं गया था
इधर कुछ पैसा हाथ आया एरिअर्स का
लगातार दो दिनों की छुट्टी आई कई दिनों बाद
तो लगा बाज़ार जाने लायक़ है तबीयत

एक रोमांच में बाज़ार गया मैं

दुकानें अपनी मस्ती में थीं
और सजी हुई थीं जवान स्त्रियों की तरह
वहाँ लोग उठाए हुए थे बहुत-सा सामान
'अभी कितना कुछ बचा है ख़रीदने के लिए'—
ऐसा भाव उनके पसीने से लथपथ शरीर से टपक रहा था
वे बाज़ार बंद हो जाने की आशंका में कर रहे थे भागमभाग
दुकानदार इतने व्यस्त थे कि मुझ जैसे फ़ुरसती आदमी को
पहले हँसी आई फिर बुरा लगा

झेंप कर एक जनरल स्टोर में घुसा
वहाँ आ गया था अब ऐसा बहुत-सा सामान
जो हमारे शहर में पहले

दिखाई पड़ता था सिर्फ़ टेलीविज़न में
टूथपेस्ट और ब्लेड को छोड़कर वहाँ मुझे मेरे लायक़ कुछ न मिला
रेडीमेड कपड़ों की दुकान पर इतनी भीड़ थी कि मुझे टाल देना पड़ा
टोपी लेने का विचार
हलवाई की दुकान जिस पर अब मिष्ठान्न भंडार का बोर्ड था
भरी हुई थी शहर के बनियों और ताज़ा अमीरों से
मुमकिन ही न थी एक बार के ऑर्डर पर कोई सुनवाई
साड़ियों की दुकानें पटी हुई थीं
धैर्य के साथ ख़रीददारी करती स्त्रियों से
और तो और दवाइयों की दुकान पर
स्वस्थ आदमियों की इतनी भीड़ थी
कि मुझे पेट में दर्द का अनुभव हुआ

अख़बार और पत्रिकाएँ बेचता हुआ एक गुमटीवाला
दिखाई दिया कुछ फ़ुरसत में
पता लगा वह किराये पर उपन्यास नहीं देता है
उससे मैंने रविवारीय के लोभ में तीन हिन्दी अख़बार
और खेल-समाचारों के लिए एक अंग्रेज़ी अख़बार ख़रीदा
उसने मुझे बड़ा अधिकारी समझा और पैसे वापस करते हुए
नमस्कार किया

गरज़ यह कि पूरा बाज़ार सामान और ख़रीददारों से
इस कदर दमक रहा था
कुछ इस तरह व्यस्त था
कि दिन की आख़िरी घड़ी में ग्राहक खोजता हुआ
कोने में बैठा वह मोची हास्यास्पद हो गया था
जो बार-बार अपने हाथ में घुमा रहा था पॉलिश की डिबिया
और सस्ते बिस्किट-गोलियाँ बेचती उस बुढ़िया ने तो
समेट ही लिया था अपना खोखा

थोड़ा-सा ख़ुश दिखा वह फूलवाला लड़का
जिससे एक मराठिन ने अभी-अभी ख़रीदा था चमेली का गुच्छा
बाक़ी सब उदास थे या घनघोर व्यस्त
जो बच्चे थे वे थक चुके थे और इतनी नींद में थे
कि जहाँ थे वहीं सो जाना चाहते थे

इस बीच जहाँ से भी मैं गुज़रा
चमकदार चीज़ों की क़ीमत पूछता हुआ
सिर हिलाता रहा रईस आदमी की नक़ल में
और इस वक़्त था जूतों की दुकान के शो-केस के सामने
जहाँ लुभावने मॉडल्स के नीचे लिखी थी जोड़ी की क़ीमत
सुन्दर सैंडिल देखकर याद आए मुझे पत्नी के खुरदरे पाँव
मगर तीन सौ चालीस की पर्ची देखकर
मैंने पास से गुज़रती औरत को ताकना शुरू कर दिया

जैसा कि बताया मैं कई सालों बाद गया था बाज़ार
मुझे वहाँ पता चला कि मेरे न जाने के बावजूद
लगातार इज़ाफ़ा होता रहा है बाज़ार की भीड़ में
क़ीमतें बढ़ती रही हैं उसी अनुपात में और कहीं कुछ कमी नहीं है
रोशनी का रेला देखते हुए मैंने सोचा कि मैं बाज़ार में नहीं
किसी मेले में आया था
जैसे छुटपन में पिता के साथ मेले में गया था

और एक ग़ुब्बारा लेकर
लौट आया था थका हुआ।

इन दिनों हर रोज़

इन दिनों हर रोज़
नए सिरे से पहचानना होता है चीज़ों को

परखना होता है अपनी भाषा और चुप्पी को
हर रोज़ देखना होता है
हज़ार बार पार किए जा चुके रास्तों को
रोज़ ही खोजना होता है अपना घर

ख़तरे का लाल निशान
रोज़ ठीक जगह लगाना होता है

कल तक जिसे अतल प्रेम करते रहे
उस पर डालनी होती है दुःख भरी निगाह
एक विश्वास पर पश्चात्ताप करते हुए
छोड़ देनी होती है प्यारी जगह
हर रोज़
एक संभव घृणा पर विजय पानी होती है

तहस-नहस घोंसला
समेटना होता है मुस्कराकर

हर रोज़ पहचाननी होती है हँसी में छिपी चालाकी
संवेदना में छिपी हुई हिंसा
क्रोध को संयम की कोटर में दुलारते हुए
नया नाम रखना होता है इस काया का
हर रोज़ तैर कर पार करनी होती है
अपने ही रक्त की नदी

इन दिनों
हर रोज़ ही पाना होता है
यही एक जीवन।

दौड़

मुझे नहीं पता मैं कब से एक दौड़ में शामिल हूँ
विशाल अंतहीन भीड़ है जिसके साथ दौड़ रहा हूँ मैं
गलियों में, सड़कों पर, घरों की छतों पर, तहख़ानों में
तनी हुई रस्सी पर सब जगह दौड़ रहा हूँ मैं
मेरे साथ दौड़ रही है एक भीड़
जहाँ कोई भी कम नहीं करना चाहता
अपनी रफ़्तार

मुझे ठीक-ठीक नहीं मालूम मैं भीड़ के साथ दौड़ रहा हूँ
या भीड़ मेरे साथ
अकेले पीछे छूट जाने के भय से दौड़ रहा हूँ
या आगे निकल जाने के उन्माद में
मुझे नहीं पता मैं अपने पड़ोसी को परास्त करना चाहता हूँ
या बचपन के किसी मित्र को
या आगे निकल जाना चाहता हूँ किसी अनजान आदमी से
मैं दौड़ रहा हूँ बिना यह जाने कि कौन है मेरा प्रतिद्वंद्वी

जब शामिल हुआ था दौड़ में मुझे दिखाई देती थीं कई चीज़ें

खेत, पहाड़, जंगल, मैदान
दिखाई देते थे पुल, नदियाँ, खिलौने और बचपन के खेल
दीखते थे मित्रों, रिश्तेदारों और परिचितों के चेहरे
सुनाई देती थीं पक्षियों की आवाज़ें, समुद्र का शोर और हवा का संगीत

अब नहीं दिखता कुछ भी
न बारिश न धुंध
न ख़ुशी न बेचैनी
न उम्मीद न संताप
न किताबें न सितार
दिखाई देते हैं सब तरफ़ एक जैसे लहूलुहान पाँव
और सुनाई देती हैं सिर्फ़ उनकी थकी और भारी
और लगभग गिरने से अपने को सँभालती
धप् धप्प् धप्प्प्-सी आवाज़ें

तलुए सूज चुके हैं सूख रहा है मेरा गला
जवाब दे चुकी हैं पिंडलियाँ
भूल चुका हूँ मैं रास्ते
मुझे नहीं मालूम कहाँ के लिए दौड़ रहा हूँ और कहाँ पहुँचूँगा
भीड़ में गुम चुके हैं मेरे बच्चे और तमाम प्यारे जन
कोई दिखाई नहीं देता दूर-दूर तक जो मुझे पुकार सके
या जिसे पुकार सकूँ मैं कह सकूँ कि बस, बहुत हुआ अब

हद यह है कि मैं बिलकुल नहीं दौड़ना चाहता
एक धावक की तरह पार नहीं करना चाहता यह छोटा-सा जीवन
हद यही है कि फिर भी मैं अपने-आप को दौड़ता हुआ पाता हूँ
थकान से लथपथ और बदहवास।

यदि मैं नट होता

ढोल-सी ज़िन्दगी पर थाप देती एक नटनी
और भीड़ को रोमांचित कर देने की
दैनिक ख़ुशी मेरे पास होती
यदि मैं नट होता

गिरने से बचने की एकाग्रता भरी थकान होती
हर रोज़ नए डर से डरा हुआ डेरा होता
सभ्यता के पहले चूल्हे पर सिंक रही रोटियों के बीच
एक और नए दिन की चिन्ता होती
नींद में जूझ रहा होता दानव से
एक सैनिक होता
यदि मैं नट होता

फिर कम भीड़ और कम तालियों का दुःख होता

मैं कोशिश करता कि अपने बच्चों को नट न बनने दूँ
इस सोच में एक दिन
तनी हुई रस्सी से गिर पड़ता

थम जाती ढोल की आवाज़
अपनी कला को मरते हुए देखता

यदि मैं नट होता।

शहद

चिलचिलाती दोपहर में से वह आदमी गुज़रा।
उसकी देह में नहीं था शहद
उसकी आवाज़ में भी नहीं था शहद
मगर उसके दिल में बचा हुआ था शहद

इतना ताज़ा था उसका शहद
कि मधुमक्खियों का झुंड उसके पीछे था
उसके बालों में फँसे हुए थे मोम के टुकड़े
इतना कठिन था उसका शहद
कि उसके शरीर पर थे भालुओं के नाख़ूनों के निशान

शायद उसे पता नहीं था, कि इस बीच
शहर का सारा शहद निचुड़ चुका है
बच्चे शहद के बारे में कुछ नहीं जानते हैं
बूढ़े भूल चुके हैं उसका स्वाद
उसे नहीं पता था
कि अब नहीं रहा आयुर्वेदिक दवाओं का प्रचलन

वह जंगल से निकलकर
सीधा शहद रहित दुनिया में आ गया था
बच्चे हँस रहे थे उस पर
बालकनी में से ताक रही थीं स्त्रियाँ
उसे नहीं मालूम था कि वह शहर का मनोरंजन हो गया है
जैसे लोगों को नहीं था मालूम
कि उसके शहद में से झाँकती थीं पुरखों की छायाएँ

उस दोपहर में उसकी आवाज़
जैसे किसी खँडहर से टकराकर
वापस उसी के पास लौट रही थी।

चुपचाप

पत्ते चुपचाप पीले पड़ रहे हैं
रास्तों की धूल
चुपचाप जमा हो रही है रक्त में
दरिद्रता ने उजाड़ दिए हैं जीवन
मरुस्थल फैल रहा है चुपचाप
मशीनी-दैत्य चुपचाप तरीक़ों से निगल रहा है
मेरा सामाजिक जीवन

क्षय होती हुई सभ्यता में
असभ्यता चुपचाप कर रही है अपना काम

पुराने संबंध इतनी जल्दी हो गए इतने पुराने
कि कबाड़ी की दुकान पर
पुरानी पत्रिकाओं में मिले चुपचाप
वह एक चर्चित तस्वीर थी
जिसे देख कर याद आए मुझे अब असम्भव-से हो गए दृश्य
और झरते हुए पत्ते को देखकर
विकल होना याद आया

अन्यथा विस्मृतियाँ चुपचाप नष्ट कर देतीं मुझे
जिस तरह किया स्मृतियों ने

गुड़हल के फूलों का रंग
अकेली शाम में डूब रहा है चुपचाप
चीज़ों को एक तरफ़ कर देना इतना आसान नहीं
चीज़ें कई बार ख़ुद अपनी याद दिलाती हैं
चुपचाप पीछा करती हैं वे कहती हैं ये हम हैं
जहाँ से छूटता है एक दृश्य
दूसरा शुरू होता है ठीक वहीं से

हम चुपचाप निकल पड़ते हैं नए रास्ते पर।

थकान

आहिस्ता-आहिस्ता समय गुज़र गया है
शेष रह गया है उसका वज़न

थकी हुई पीली रोशनी है
जिसमें मेरे साथ चल रही है एक पुरानी रोशनी की परछाईं
सीढ़ियों पर किसी के हाँफने की आवाज़ है
एक बूढ़ा है जो अकेला हो गया है अपने अन्तिम वक़्त में
बाहर कोई इतना थका हुआ है
कि चप्पल घसीटकर चल रहा है
उसमें घर लौटते हुए एक ताँगे की आवाज़ शामिल है

रिस रही हैं थकी हुई इच्छाओं की बूँदें
कुछ इतनी पुरानी हैं कि उनकी याद भी नहीं
ऐसी इच्छाओं के बारे में सोचना बेकार है अब
जिन्हें पाने की उम्र बीत गई
जो बची हुई हैं रिस रही हैं धीरे-धीरे
जैसे बहुत लम्बे सफ़र के आख़िर में रिसती है
थकान

जितनी बार चुप रहा
ख़ामोशी से सहन किया जितनी बार अन्याय
वे सारे क्षण इस समय की रात के आकाश में
दिख रहे हैं निस्तेज तारों की तरह
अत्याचारों से थकी पीठ का दर्द
फैल गया है पृथ्वी की मांसपेशियों में

फ़ुटपाथ पर सोने जा रही
एक थकी हुई स्त्री की हँसी भी
आती है रात के इस थके हुए समय में
दूर करती हुई पृथ्वी की थकान

थकान
जो गुज़र गए समय का वज़न है।

दु:ख

बरगद का तना था
फूट-फूट पड़ती थीं शाखाएँ

अब बहुत पुराना बरगद है एक
नई जड़ें फेंकता हुआ।

मेरी पुरानी जगह

जो सुरक्षाबल के हवाले कर दी गई है
यही थी मेरे अकेलेपन की जगह
शहर के मैदान के बीच यह मेरी खोज थी
जहाँ देर रात ठंडी हवा
और दूर से आती रोशनियों की आश्वस्ति थी

जहाँ
नौकरी पर जाने से पहले की मेरी अन्यमनस्कता थी
जो इनकार करती थी यकायक ख़ुशी में तब्दील होने से
किशोरावस्था की मूर्खताओं के अफ़सोस थे
टूटता हुआ चाँद था और टिमटिमाते हुए सितारे
प्रेम था अनिष्ट करता हुआ देता हुआ चेतावनी
वहीं पिता का स्वप्न था टूटकर बिखरता हुआ
नींद की बेचैनी थी और जागने का हाहाकार
वहीं था माँ का क्षमाभाव
जो बार-बार बदल जाता था रुदन में
बहनों का न्यौछावर होता अपनापा था
जो उनके विवाह की प्रतीक्षा में कातर होता था रोज़-रोज़

यह जगह नहीं थी राजनेताओं की
इधर नहीं थी कोई आबादी और न ही मतदाता-सूची
रात को जब भूँकना बन्द कर देते हैं कुत्ते
और गश्त लगाते सिपाही थककर
एस. पी. के बँगले की पुलिया पर ही सो जाते हैं
उस समय सिमट आता है जो अकेलापन
वह ध्रुवतारे के सबसे क़रीब होता है
तारों की गति जब साफ़ दीखती है
और अचानक भर जाती है नीले-अँधेरे आकाश में
किसी व्यग्र पक्षी की चीत्कार
ठीक वैसे ही अकेलेपन के विस्तार में
घटित होता है एक जीवन

यह वही जगह है जो मेरी खोज थी
और सरकारी नज़र पड़ते ही घेर दी गई है कँटीली बागड़ से
बीच में चमकता है एक बोर्ड—
'सुरक्षाबल के लिए सुरक्षित'।

उसी रास्ते पर

मैं जिस रास्ते पर चलता हूँ वह मुझ पर गिरता है
जिस पहाड़ पर चढ़ता हूँ वही ढहा आता है मुझ पर
जहाँ पहुँचता हूँ वहाँ ठहरा नहीं जा सकता

अपने आपको नष्ट करते हुए
जोड़ लगाते हुए दूसरों की अथाह सम्पत्ति का
मुस्कराकर छिपाते हुए अपना बचपन हँसकर गलाते हुए अपनी जवानी
एक दिन पता चलता है मुझे तैनात किया गया था इसी काम के लिए
जो चाहे-अनचाहे किया वह मेरा फ़र्ज़ था या फिर ज़िम्मेवारी
और जो कुछ आख़िर में मिला वह था दिहाड़ी का हिसाब
मुझे जीवित रखा गया सिर्फ़ इसलिए
कि बना रहा मैं आज्ञाकारी नागरिक
जबकि कई काम ऐसे थे जो आत्मा पर बोझ थे मगर किए जा रहे थे
कि बस कल, शायद कल ही मिल जाएगा इनसे छुटकारा
मेरी जगह कोई भी कर सकता था वे सारे काम
संभव है मुझसे ज़्यादा बेहतर
संभव है मुझसे अधिक तन्मयता से नष्ट करता वह ख़ुद को
जितनी बड़ी विवशता उतनी ज़्यादा संलग्नता

जबकि मैं कहना चाहता था झरना, कहना चाहता था सुबह
मैं कुछ वृक्षों जैसे बरगद, कनेर, सागौन के पत्ते देखना चाहता था
जिन्हें विस्मृत कर देने का भय
कई दिनों से पैठ गया है मेरे भीतर
निश्चिन्त एकान्त खोजते हुए सोचना चाहता था मृत माँ का जीवन
याद रखना चाहता था जीवित पिता की कठिन मृत्यु
मगर भारत शासन की सेवार्थ सील दिखाकर
रोक लिया गया हर चौराहे पर मुझे
यह मेरा जुर्म हुआ कि मेरे पास चेहरा है लेकिन पहचान-पत्र नहीं
विश्व-बैंक की गोष्ठी में ज़िबह किए गए लोगों का
नब्बे करोड़वाँ हिस्सा हूँ मैं
चाह कर भी बहुत दूर तक नहीं दौड़ सकता कला के गलियारे में
मुझे बार-बार दिखाई जाती है एक तस्वीर
जिसमें दरवाज़े पर भूखी बैठी है पत्नी
राह देखती हुई मेरी समझाती हुई बच्चों को

थक-हार कर मैं उन्हीं कामों को करता हूँ
जो मुझे मेरी योग्यता से नहीं कम्प्यूटर-क्रान्ति से मिले हैं
उन्हीं रास्तों पर चलता हूँ जो मुझ ही पर गिरते हैं
चढ़ता हूँ उन्हीं पहाड़ों पर जो मुझ ही पर ढहते हैं!

अवसाद में एक दिन मैं

एक दिन बहुत अशक्त मैं किसी निर्जन कोने में
किसी सबसे अकेले पेड़ से टिककर बैठ जाऊँगा
देर तक उधर से नहीं गुज़रेगा कोई
सिर्फ़ हवा की आवाज़ होगी वहाँ
जो पैदा होती है पत्तियों की रोक-टोक से

मैं भूखा होऊँगा
घर तक उठ कर जाने की इच्छा नहीं रहेगी शेष
मेरी अधूरी लड़ाइयों पर हँस रहे होंगे लोग
जिन्हें समझता रहा मैं भावुक
वे सांसारिक जीवन में हो चुके होंगे कुशल
इतना कुछ घटित हो जाएगा कि किसी बात से दुःख न होगा
शेष नहीं रहेगा कहीं कोई तरल पदार्थ

तब मैं कहाँ जाऊँगा!
वहीं जाऊँगा उसी पुराने पेड़ की छाँह में
बैठा रहूँगा वहाँ अशक्त ज़्यादा होने पर लेट जाऊँगा
सब दूर समाप्त हो चुकी होगी मेरी प्रतीक्षा

अस्थायी शोक तब्दील हो चुका होगा दुनियादारी की प्रसन्नता में
जैसे शिशिर गुज़रेगा उसी तरह गुज़र जाएँगी सारी ऋतुएँ

मैं जीवन के सुदूर किनारे पर टूटी डाल की तरह
पड़ा रहूँगा एक वृक्ष की छाँह में
सूखे पत्ते गिर रहे होंगे
एक फ़िल्म के दृश्य की तरह
ढँक जाऊँगा मैं टूटे पीले पत्तों से
इतने सारे पत्तों को हटाकर भला कहाँ जाऊँगा?

मैं क्षत-विक्षत शव की तरह नहीं
रहूँगा स्मृति की तरह
एक अकेले पुराने पेड़ के नीचे।

रात में पुलिया पर

रात गहरा रही है जैसे स्मृति

वृक्षों के बीच से गुज़र रही है हवा
रेत पर से पानी
हृदय से रात
जीवन बैठा है एक अँधेरी पुलिया पर

नीचे सूखा-सा नाला है
वहाँ बहुत सूखे पत्तों का जमघट है
जमा हैं वहीं मेरे पिछले सालों के पत्ते
पत्तों को अशान्त करता हुआ हवा का झोंका है
या रेंगता हुआ कोई कीड़ा

चिड़ियाँ अभी नींद में हैं
थोड़ी देर है जब उधर पूरब दिशा
रोशनी का हाथ उठाएगी

पुलिया पर डूबती हुई रात

दु:खों से ढह चुकी स्त्री की तरह शान्त है
रात की स्लेटी खिड़की से दिखाई दे रहा है
चारों ओर का उजला अंधकार
जैसे स्मृति की नदी में किनारे के पेड़

जैसे स्मृति के सूखे पत्तों में
हरीतिमा।

मुनादी

मैं भरा-पूरा परिवार रखता हूँ
मैं एक अनाथ लड़का हूँ

लोगों से बात करता हूँ
जैसे जेल की दीवार के पत्थरों से
मैं बहुत पुरानी जलरंग की तस्वीर हूँ
एक धूल खाया सितार
मुझे देखो
मुझे छुओ

मैं एक अनाथ लड़का हूँ

कोई दोस्त कोई नागरिक कोई सम्बन्ध
कोई प्रेम पृथ्वी पर ऐसा नहीं
जिसने मुझे नए सिरे से अनाथ न बनाया हो
मैं किसी लोककथा का टूटा हुआ पहला वाक्य हूँ

बिना ढोल बजाए

मैं आपकी गली आपके द्वार से गुज़रूँगा
मेरी आँखें शर्म से नीची नहीं होंगी
दिल में उम्मीद होगी
मेरी उत्सुकता से पहचानना मुझे
भूरा-पूरा परिवार रखता हुआ
मैं एक अनाथ लड़का हूँ

मुझे सबसे पहले
अपने ही घर में खोजना।

बुद्ध

एक दिन हम इतने ऊब जाते हैं
इतनी खीज में होते हैं
कि बुद्ध की ध्यानमग्न सुन्दर प्रतिमा
जिसे हज़ार मील के सफ़र में
हम छाती से चिपकाकर लाए थे सुरक्षित
तोड़ डालते हैं वही प्रतिमा

अर्जित की गई सबसे ख़ूबसूरत चीज़
तोड़ देते हैं एक झटके में

सुन्दर वस्तु की
ख़ाली जगह की असुन्दरता
सुन्दरता ख़त्म किए जाने की भयावहता
फिर हमारा पीछा करती है

जीवन भर
बुद्ध हमारा पीछा करते हैं।

इस समय में

एक आदमी कितनी भीड़ में नहीं रहेगा अकेला
और कितने अकेले में नहीं होगा निष्क्रिय
कौन कितनी बार मारा जाएगा
इस एक देह के संसार में?

ऐसे अनन्त सीधे सवालों के बीच
सभी के पास दूसरों की दया पर टिका हुआ जीवन है
जिसमें किनारे की ज़मीन की तरह
घटनाएँ किसी विशाल नदी में धसक रही हैं
धीरे-धीरे एक मरियल-सा शहर
तब्दील हो रहा है व्यायामशाला में
स्वार्थों के ध्वज मिलकर शामिल पताका में लहरा रहे हैं

अर्थशास्त्र ने निरस्त कर दिया है परमाणु-युद्ध

इस नये समय में किसी भी स्वप्न के टूटने की आवाज़
नहीं जाएगी दूर तक
बस मुमकिन यही है कि एक छोटी-सी हँसी

हमें बहुत बड़े विलाप से बचाए
और एक कोमल पाप भी
बहुत कठिन कर दे हमारा यह जीवन।

याददाश्त

आ रहे हैं जो आक्रमणकारी वे मुझ पर नहीं
हमला करना चाहते हैं मेरी याददाश्त पर

जानते हैं वे जब तक मेरे पास है स्मृति
मुझे याद रहेगा वह सब जो सुन्दर है
याद रहेगा यातनाओं का एक-एक क्षण
बार-बार मेरे सामने होगा मेरा इतिहास
जब तक धोखा न देगी याददाश्त
मुझे याद रहेगी मेरी ताक़त मेरी पराजय
याद रहेंगे मुझे मेरे लड़ने के औज़ार

वे हर बार मुझे शब्दों और दृश्यों के
नए भुलावे में ले जाते हैं
बताते हैं नए ईजाद किए गए यंत्रों की उपयोगिता
धकेलते हैं असीम लालच में, कहते हैं यहाँ धन्य होगा जीवन

वे चाहते हैं विस्मृत कर दूँ मैं अपना जन्म-स्थान अपनी भाषा
भूल जाऊँ अपनी नदी का नाम और उसका संगीत

याद न रहें मुझे अपने बचपन के फूल, पक्षी और पेड़
भूल जाऊँ कि मैं एक मनुष्य हूँ
मेरी याददाश्त नष्ट करते हुए कर देना चाहते हैं वे मुझे निहत्था
जानते हैं वे यही है सबसे आसान तरीक़ा
जिससे मारा जाऊँगा मैं
यही है मेरा अमृत
वे चाहते हैं एक दिन ऐसा आए और जल्दी आए
कि मैं अपना नाम-पता पूछूँ किसी रोबोट से
और भूल जाऊँ आक्रमणकारियों के चेहरे और वे सारे तरीक़े
जिनसे आततायी मुझे नष्ट करने के बाद
ख़त्म करेंगे मेरे बच्चों को

वे चाहते हैं मेरे पास दिमाग़ तो हो
मगर न हो उसमें याददाश्त का ख़ाना।

एक मिनट में

नहीं बचा अब लोगों में इतना धैर्य
कि कर सकें इत्मीनान से कोई भी काम

उन्हें सब कुछ एक मिनट में चाहिए
एक मिनट में हँसी
एक मिनट में शोक-वियोग
एक मिनट में नींद और स्वप्न
एक मिनट में मज़ा आना चाहिए

उन्हें एक मिनट में प्रेम चाहिए
एक मिनट में घृणा
एक मिनट में पूरी होनी चाहिए श्रद्धांजलि
एक मिनट में हो फ़ैसला
क़ुल एक मिनट के युद्ध की तैयारी है उनके पास

नहीं बचा है धीरज
नहीं है ज़्यादा समय।

दायित्व

मुझे ही कहना होगा
अपने हिस्से का कहना

इस भूगोल में जितना भी मेरा क्षेत्रफल हो सकता है
वहाँ मुझे ही करना होगा मेरे हिस्से का प्यार
मेरी घृणा भी ज़ाहिर करनी होगी मुझको ही
कोई दूसरा नहीं जता सकेगा मेरा क्रोध

मेरे हिस्से का विरोध मुझे दर्ज करना होगा

मेरी प्यास का जल यों ही नहीं बह जाएगा
मेरी भूख के लिए फल तोड़ने होंगे मुझे ही
दूसरों की आँखों से पूरी नहीं होगी मेरी नींद
मेरे हिस्से की मेहनत करनी होगी मुझको ही

मैं नहीं बच सकता भागकर
नहीं छिप सकता किसी कंदरा में
मेरा यह जीवन जीना होगा मुझको ही

और बार-बार कहना होगा
अपने हिस्से का सच।

एक दिन

एक दिन हम सुबह उठते हैं और पाते हैं
विलासिताएँ बदल चुकी हैं जीवन की अनिवार्यताओं में
देखते हैं दुःख है संसार में पहले से भी ज़्यादा
सिर्फ़ बदल गए हैं उसके कारक
एक भिक्षुक गाता है
दया, प्रेम, करुणा और विश्वास—दुःख के ये चार कारण हैं

उसी दिन हम देखते हैं भावुकता मूर्खता का पर्याय हो चुकी है
मन में 'नहीं, हरामज़ादे' कहते हुए ऊपर से 'हाँ, श्रीमान' कहना
अब एक कला है जिसे सीखना पड़ता है अभ्यास से
एक दिन हत्या के दृश्य से बच निकलने से ज़्यादा आसान हो जाता है
हत्या में शामिल हो जाना

क़िले पर बने सुरक्षा मंच से कहा जाता है एक दिन
जिसे मिला हो ऊँची जातियों का तिरस्कार
वह नहीं हो सकता इस समाज का बेहतर मनुष्य
उसी शाम अल्पसंख्यक की धर्मांधता के पक्ष में
एक सौ तिरेसठ वोटों के लिए

हँसता है मोहल्ले में बहुसंख्यक का उन्मादी नेता

जिन बातों पर होने थे मतभेद
उन बातों पर हो जाती है एक दिन शत्रुता
उसी दिन कवियों की खचाखच भरी सभा में देखते हैं हम
उत्तर आधुनिकतावाद की शब्दावली में छिपाए जा रहे हैं
जीवन के घटिया आचरण और कविता के कमज़ोर शब्द

एक दिन असहाय देखते हैं हम मनुष्यता के ख़िलाफ़
गढ़े जाते हैं तर्क!

यह कह कर

मैं इराकी नहीं हूँ इसलिए मरने से बच गया—
यह कह कर क्या बच गया मैं सचमुच?

अफ्रीकी होता तो कितना सताया जाता
यहूदी होता तो कितनी दूर भागता गैस-चैम्बर में
आदिवासी होता तो जी पाता कितने साल
मछली होता तो किस समुद्र में बच पाता
चुप रह कर कब तक बचता आतंकवादियों से?

इनमें से कुछ नहीं हूँ इसलिए बचा हुआ हूँ—

यह कह कर
क्या बचा हुआ हूँ मैं सचमुच?

अवांछित लोग

सदी के इस उतार में लक्ष्य पर है संवेदना

लुभावने विज्ञापन हैं और सूक्ष्म प्रविधियाँ
पहले विज्ञान को बदला और अब बदला जा रहा है कला को
संवेदना नष्ट करने के माध्यम में
कि मनुष्य को बदला जा सके औज़ार में
कई बार यह काम इतनी बारीकी से होता है
कि सिर्फ़ नक़्क़ाशी करने की आवाज़ सुनाई देती है
और दुनिया के कोलाहल में कई बार वह भी नहीं

फिर पत्नी कहती है इतना सिद्धांतवादी होना ठीक नहीं
बच्चे कहते हैं, पापा, ऐसा करने में कोई हर्ज़ नहीं, सभी करते हैं
पड़ोसी कहते हैं, आपका व्यवहार आम आदमियों जैसा नहीं
टी.वी., रेडियो, अख़बार कहते हैं
चाहो तो बने रहो
समाज में कुछ पुराने विचारों के लोग भी बने रहते हैं

कथाओं के नायकों जैसे हैं जो कुछ लोग

और जो चाँद को चाँद, कीचड़ को कीचड़ कहते हैं
वे सबसे पहले हैं लक्ष्य पर
मुश्किल है उनका जीवन जो नहीं जानते कम्प्यूटर की भाषा
केन्द्रीय कार्यसमिति की गोष्ठी का निष्कर्ष है—
सबसे अवांछित हैं वे लोग
जो बात-बात में हो जाते हैं भावुक!

पक्ष

मैं किधर हूँ यह कहने से पहले ही हो जाता है निर्णय
मेरे पक्ष का
कुछ रंग मेरे जीवन से सिर्फ़ इसलिए बाहर हो गए हैं
कि मेरे विचार जानने से पहले ही मान लिया जाएगा मुझे शत्रु
और कुछ रंग नापसंद होते हुए भी करने पड़ते हैं पसंद
कि भले ही मेरे पास कोई विचार न हों
लेकिन रखा जा सकता है तुष्ट उन्हें
जिनके बीच रह कर करना है काम

पहले पूछने पर या बिना पूछे भी बता सकता था मैं अपने विचार
टोक सकता था कि नहीं, यह नहीं, मेरा पक्ष यह है
अब मैं कुछ कहूँ उसके पहले ही तय कर लेते हैं लोग मेरा पक्ष

मेरा पक्ष क्या है यह जानने के लिए
मुझे पूछना पड़ता है पार्टी-प्रवक्ता से
जिसकी पार्टी का मैं सदस्य भी नहीं
मानो अब एक वही तो रह गया है समाज में
जो बता सकता है मेरा पक्ष

किसी को फ़ुरसत नहीं है जो सुन सके मेरी आवाज़
कि मैं किसी बच्चे में पक्ष में हूँ
या उस फूल के पक्ष में जो खिलना चाहता है
लेकिन बचना चाहता है
किसी का निशान होने से।

इधर का जीवन

इधर का जीवन कुछ ऐसा हो गया है जैसे जीवन नहीं

यदि कोई धोखा न दे
कर ले थोड़ा-सा भी विश्वास
तो चकित रहता हूँ बहुत दिनों तक

घृणा प्यार दुत्कार पुरस्कार
तैर रहे हैं अवसर की झील में
(देश को विद्वानों की नहीं
तैराकों की ज़रूरत है)
इतनी लम्बी डोर है कि चपरासी की शिकायत करता हूँ
तो बुरा मानता है प्रधानमंत्री

इधर पूरे समाज में भी
रह गए हैं कुल दो तरह के लोग
जैसे एक वे जो शर्मा जी हैं
और दूसरे वे जो शर्मा जी नहीं हैं
जैसे एक वे जो भूखे नहीं हैं

और दूसरे वे जो भूखे सोना नहीं चाहते

जैसे एक वे जो जीवित हैं और दूसरे वे
जो जीवित रहना चाहते हैं

इधर का जीवन हो गया है कुछ ऐसा
कि हर पन्द्रह मिनट बाद
टटोल कर ढूँढ़नी होती है जीवन की धड़कन।

नए अपराधी

जब सज़ा दी जा रही होती है
उन्हें तभी मालूम होता है कि वे अपराधी हैं

इतनी निर्दोष इतनी परावलम्बी होती हैं उनकी ग़लतियाँ
कि जीवन भर नहीं समझ पाते वे अपने अपराध
मसलन उनकी दाढ़ी कुछ अलग तरह की है
कि उनके हँसने का तरीक़ा
अच्छा नहीं लगा न्यायाधीश को
या यह कि उन्होंने एक चिट्ठी लिखी अपने दुःखों के बारे में
कि उनके विचार असहमति के हैं
और जीवित हैं उनके कुछ रिश्तेदार पड़ोस के देश में

उन्हें नहीं पता
किस तरह बचा जाए इन अपराधों से
वे रोज़ सुबह उठते हैं
और अपने आपको हर रोज़
एक नए अपराध में शामिल पाते हैं।

फ़िलहाल

जो हमारे आदर्श-पुरुष थे
वे धीरे-धीरे तब्दील हो गए हैं रेस के घोड़ों में
जिन पर हम जवानी के दिन लगाते हैं
और हारे हुए जुआरी की तरह
अपनी बची-खुची ज़िन्दगी में वापस लौट आते हैं

बनियान के लिए रखे पैसों से
भेजा जिन पत्रिकाओं को चन्दा
वे मुख्यमंत्री की ख़ुशहाल तस्वीर के नीचे
छाप रही हैं सत्ता विरोध की हमारी कविताएँ

देखता हूँ
'अत्याचारी की सज़ा' नाटक के प्रदर्शन के लिए
सभागार तय करने गई नायिका
पाई गई अत्याचारी के साथ
देखता हूँ जब एक बूढ़ा आलोचक
अपने भतीजे को सर्वश्रेष्ठ कहानीकार बताता है
तो ताली बजाती है पूरी सभा

बहुत मुश्किल है बचना
फिर भी बचो
फ़िलहाल कला के पारखीजनों से बचो
कि वे न चुन लें हमें उस तरह
जैसे अरब का शेख़
हमारे घरों में से चुनता है
एक ग़रीब बचपन।

अधिकार

अब यह हमारा अधिकार है कि चुन सकें हम
अपना विजेता
कितना भव्य और आकर्षक है यह शाप
कि जाओ
चुन सकते हो तुम अपना विजेता

न इसमें पराजय है न ग्लानि
न युद्ध है न रक्तपात
यह एक शान्तिप्रिय कला है
जहाँ शक्ति से नहीं शक्ति-प्रदर्शन से भी निकल आते हैं रास्ते

ठीक यहीं से बदलता है चीज़ों का अर्थ
वह आक्रमण करता है हम कहते हैं उसने हमें प्रेम किया
वह लूटता है हम कहते हैं हम ही ने किया समर्पित
वह ध्वस्त करता है और हम कहते हैं
यही है पुनर्निर्माण

हमारा पश्चात्ताप संभव नहीं
हमें नहीं है दुःख करने का अधिकार

जो कुछ भी हमारे पास था उसे दाँव पर लगाकर
चुन चुके हैं हम अपना विजेता

अब हम सिर्फ़
विजयोल्लास के जुलूस में शामिल हो सकते हैं।

यथास्थिति में

मैं उम्मीद की बातें करूँगा
और लोग हँस देंगे

रचनाकार भ्रष्ट आचरण करते हुए रहेंगे रचनाशील
और किसी संगठन में शामिल होकर
हो जाएँगे सुरक्षित

सबसे महँगी बिकने वाली चीज़
सबसे मूल्यवान कला कहलाएगी

मैं अपने बुढ़ापे में
सोयाबीन की रोटियाँ खाऊँगा
और एक वस्तु कहलाऊँगा

और जब मारा जाएगा एक आदमी
क्योंकि नहीं बता सकेगा वह अपनी जाति
तो यह एक धार्मिक कार्य माना जाएगा

इस तरह सब लोग रहेंगे जीवित
मगर जीवन के बारे में
कोई जन बात नहीं करेगा।

राजनीति : कुछ सूचनाएँ

बच्चा याद कर रहा है
राष्ट्र के नेताओं की जीवनियाँ
और हँस रहा है

फलदार वृक्षों के शवों पर खड़े हुए
आसमान छू रहे हैं यूकेलिप्टस

राजनीति के पुरोधा के भाषण
और एक शराबी की क़ै का रंग
एक जैसा है

वैज्ञानिक कलाविद् और नर्तकियाँ प्राय: ख़ुश हैं
बीच-बीच में पुरातत्त्व विभाग करता है लुभावनी घोषणा
'कालिदास नवरत्नों में थे'

यह अभिव्यक्ति की स्वतंत्रता है

ऐसा देखा गया है कि एक बुद्धिजीवी
मतदान के दिन
चादर तानकर सोता है।

परछाईं

परछाईं भी तोड़ती है हमारा एकान्त
शून्य होती हुई दुनिया से उठाती है हमको समूचा
अकेले और अँधेरे समय में भी होती है वह
कभी डराती कभी करती हुई आश्वस्त

सुनो! यह कौन पुकारता है परछाइयों के इस जंगल में
यह कौन-सी छाया है जो इतनी कोमल है
जैसे इमली की सबसे नई पत्ती की छाँव
जैसे ताज़े बचपन की परछाईं

देखो! ये कैसी परछाइयाँ गिर रही हैं रोशनी पर
जैसे डॉलर की यह डरावनी छाया जो गिर रही है
मेरी जेब में पड़े हुए रुपये के अशोक-स्तम्भ पर
सूचना-तंत्रों की मकड़जाली छायाएँ गिरती हैं दिमाग़ में
तमाम नदियों, पहाड़ों और पेड़ों पर गिरती है
काली चिमनी की धुआँ भरी लम्बी परछाईं
स्टोन-क्रशर की आवाज़ की तीखी परछाईं एक चीख़ की तरह
गिरती है मज़दूरों की निढाल बस्ती में
धर्मालयों की परछाईं बच्चों के खेल में

झरती हुई एक हरी पत्ती की परछाईं
हथौड़े की तरह गिरती है मेरे हृदय पर

राजसिंहासन की परछाईं में मुस्कराता है निरंकुश चेहरा
विशाल छाया के जाल में फँसती हैं छोटी परछाइयाँ
सड़क किनारे लगे लैम्प-पोस्ट से दूर जाते हुए
या आते हुए उसके क़रीब
जैसे फैलती है एक राहगीर की परछाईं
उसी तरह फैल रही है मुट्ठी भर दुःख की छाया
काली गहरी परछाइयों से ढक गया है समाज

हर कोई हर क़दम पर चौंकता है
यह कैसी रोशनी है जिसमें हर चीज़ की परछाईं
अँधेरे की तरह गिर रही है
यह कैसी रोशनी है जिसमें पहचान में नहीं आता कोई चेहरा

सिर्फ़ परछाईं-सी दिखती है।

चहारदीवारी

लाल-सफ़ेद पत्थरों से लम्बी और ऊँची बनी हुई
यह एक चहारदीवारी है सुनसान में
पत्थरों की उम्र बताती है इसकी प्राचीनता
शहर के पुराने लोग कहते हैं इस चहारदीवारी को
इसके अन्दर रहनेवाले लोगों ने ही बनाया
और एक दिन आख़िरी पत्थर लगाकर
बन्द कर लिए अपने चारों तरफ़ के रास्ते

बहुत दिनों के बाद इधर से गुज़रा तो याद आया
कि पहले चहारदीवारी के भीतर दिखाई देती थी एक लड़की
घुटनों में मुँह डाले सुबकती हुई धीरे-धीरे एक लड़की
मानो चहारदीवारी के भीतर क़ैद थी उसकी सुन्दरता
बाक़ी बहुत कुछ छिपा लेती थी वह अपने घुटनों में
बाद में वह लड़की मुझे दिखी एक पुरानी फ़िल्म के
भावुक दृश्य में
लेकिन तब तक नीले पड़ चुके थे उसके घुटने

यह चहारदीवारी सुनसान में बनाई गई

या बाद में हुआ सुनसान कहना कठिन है

अब इसके भीतर एक आदमी अपने वीरानेपन में टहलता है
वह बीस साल पहले छोड़ना चाहता था अपनी नौकरी
उसकी रंगों में दिलचस्पी थी
और एक चित्रकार के जीवन से करता था वह प्रेम
मगर तब जवान हो रही थी उसकी बेटी
और पत्नी मातम मनाया करती थी अधूरी इच्छाओं का
बाद में वह आदमी लापरवाही के आरोप में
बर्ख़ास्त किया गया नौकरी से
और हमेशा के लिए क़ैद हो गया चहारदीवारी में

कभी-कभी चहारदीवारी के भीतर से आती हैं अजीब आवाज़ें
वहीं एक ईश्वर है
जो और अधिक पूजनीय होने की आकांक्षा में व्याकुल है
वहीं से आती हैं पत्थर तोड़ने और खाँसी की आवाज़ें
यह जो सबसे तेज़ आवाज़ आई
यह शहर के दादाजी का हथौड़ा है पत्थर के सीने पर
और यह इस चहारदीवारी की सबसे बूढ़ी औरत है
जो हँसने की कोशिश में सिर्फ़ खाँस पा रही है
क़रीब जाने पर आती हैं कुछ और आवाज़ें
जैसे ये अनन्त इच्छाओं के अश्व हैं हिनहिनाते हुए
जो बार-बार खूँद रहे हैं कठोर ज़मीन

चहारदीवारी के सख़्त पत्थरों के बीच की जगहों से
धीरे-धीरे झरता है चूना
इच्छाओं की ध्वनि को जगह देता हुआ।

बैल

वे अपनी क़द्दावर पशु-सुन्दरता के साथ हुँकार रहे हैं
गरदन की झूलती झालर गठीला कँधवार
सींगों की भय पैदा करने वाली नोकें
लहराती पूँछ का झब्बर गुच्छा
और चिकनी पीठ के रेशमी रोयें
सब कह रहे हैं ये हम हैं
पृथ्वी को कंधे पर उठाने के लिए बेचैन हम

अंडकोशों की गुलाबी अमरता के साथ
वे दृश्य में सबसे ताज़ा सबसे ताक़तवर हस्तक्षेप हैं
उनकी जुगाली समुद्र का फेन है
उनका माथा उत्तरी ध्रुव की चौड़ाई

मालिक कह रहे हैं अब वे बिकने की उम्र में हैं
बाज़ार में गिने जा रहे हैं उनके दाँत

नपुंसक किए जाने के षड्यंत्र से बेख़बर
नाथ-पगही से अनजान

मुँह पर मुसक चढ़ाए जाने की भूख भरी वेदना से अपरिचित
और अपने बूढ़े दिनों की लाचारी के इस पार
वे साँड़ हैं अभी
बचपन की कुलाँचों और जवानी के वेग से भरे

उनके खुरों के नीचे
जोतने के लिए प्राचीन कठोर ज़मीन है
वे इतने ताज़ा इतने जवान और इतने श्रमशील हैं
कि बस, बैल हैं।

कोई नहीं मरना चाहता

न बरसात की काई
न गर्मियों की घास
न लखेरे का लाख
न बढ़ई का काठ
यों ही नहीं मरना चाहता कोई

नागफनी का सबसे नन्हा काँटा
लुप्त हो रही प्रजाति का हिरण
वीतरागी संन्यासी
या फ़र्श के नीचे दुबका कॉकरोच
सब जीना ही चाहते हैं यह जीवन पूरा

बस ठीक तरह जीने की छोटी-छोटी इच्छाएँ
हो जाती हैं घातक
वरना जितने भी मरे अकाल मौत
वे कब मरना चाहते थे इस तरह
वे सबके सब तो दूसरों की लालसाओं
और क्रूरताओं की चट्टानों के नीचे

दबकर मारे गए

यों ही नहीं मरना चाहता कोई
न झींगुर की आवाज़
न जुगनुओं का प्रकाश।

उपकार

हवा चलती है उमस की छाती चीरती हुई
मुस्कराकर मिलता है एक अजनबी
एक रुपये में जूते चमका जाता है एक छोटा-सा बच्चा
रिक्शेवाला चढ़ाई पर भी उतरने नहीं देता रिक्शे से
एक स्त्री अपनी गोद में रखने देती है उदास और थका हुआ सिर
फ़क़ीर गाता है सुबह का राग और भिक्षा नहीं देने पर भी
गाता रहता है
अकेली भीगी कपास की तरह की रात में
एक अदृश्य पतवार डूबने नहीं देती जवानी में ही जर्जर हो गए हृदय को

देर रात तक मेरे साथ जागता रहता है एक अनजान पक्षी

बीमार-सा देखकर अपनी बर्थ पर सुला लेता है सहयात्री
भूखा जान कर कोई खिला देता है अपने हिस्से का खाना
और कहता है वह खा चुका है
जब धमका रहा होता है चौराहे पर पुलिसवाला
न जाने कौन आदमी आता है कहता है इन्हें कुछ न कहें
ये ठीक आदमी हैं

बहुत तेज़ी से आ रही कार से बचाते हुए
एक तरफ़ खींच लेता है कोई राहगीर
जिससे कभी नाराज़ हुआ था वह मित्र यकायक चला आता है घर

सड़क पर फिसलने के बाद सब हँसते हैं नहीं हँसती एक बच्ची
जब सूख रहा होता है निर्जर झरना
समुद्रों, नदियों, तालाबों, झीलों और जलप्रपातों के जल को छूता हुआ
आता है कोई कहता है मुझे छुओ
बुख़ार के अँधेरे दर्रे में मोमबत्ती जलाए मिलती है बचपन की दोस्त
एक खटका होता है और जगा देता है ठीक उसी वक़्त
जब दबोच रहा है नींद में कोई अपना ही
रुलाई जब कंठ से फूटने को ही होती है
अंतर के किसी सुदूर कोने से आती है ढाढ़स देती हुई आवाज़
और सोख लेती है कातर कर देने वाली भर्राहट

इस जीवन में जीवन की ओर वापस लौटने के
इतने दृश्य हैं चमकदार
कि उनकी स्मृति भी देती है एक नया जीवन।

ईरानी

उजाड़ जगह को मनुष्य की पदचापों से भरते हुए
क़स्बे के बेकार कोने को
जीवन का रंग देते हुए
बहुत दिनों बाद आए हैं ईरानी

उनकी गठरियों से निकल रहा है सामान
आसमान से अचानक उतरी
रहस्यमयी छतरियों की तरह खुल गए हैं उनके टेंट
आकाश का एक उपेक्षित हिस्सा
भर गया है लकड़ियों और कंडों के धुएँ से
पहले जहाँ पुराने तालाब की याद भर थी
वहाँ फैल गई है गरम रोटियों की गंध
एक सुनसान गुम हो गया है बच्चों की शरारतों में

स्त्रियों की ईरानी-सुन्दरता से दमक रही है सुबह
कपड़े धोने की आवाज़ ने चौंका दिया है राहगीरों को
दो टेंटों के बीच बँधी रस्सी पर
सूख रहे हैं चुन्नटदार लहँगे

सान पर चाकू रखे जाने की आवाज़
वापस आई है क़स्बे में
मैं इसे
उजाड़ में आबादी की आवाज़ की तरह सुनता हूँ।

बड़े मामा का मुँह

इस बार बड़े मामा मिले तो ग़ायब थे उनके सारे दाँत
वे दो दाँत भी जिनमें थीं सोने की कीलें
जो चमकती थीं उनकी बातचीत में
उन्हें देखते ही समझा जा सकता था कि पिछले कुछ सालों ने
निकाल ली हैं उनके जीवन की सारी चमकदार कीलें
एक बत्तीसी भरे जीवन में अब
बचा हुआ था बस उनका पोपला मुँह

कभी विराट सृष्टि थी उस मुँह में

वहाँ भरे हुए थनों की गायों का झुंड था
चमकदार सींगों के बैल जोत रहे थे मध्य भारत के खेत
विशाल बाखर थी जहाँ रोशनी और आवाज़ें
कभी नहीं होती थीं ख़त्म
एक दहाड़ थी जो सुनाई देती थी आसपास के गाँवों तक
वहीं आल्हा का वीर रस था
और भरत मिलाप का करुण संसार

उन्नीस सौ चवालीस का हैजा था
और सन् चौवन का टिड्डी दल
खुरों की बीमारी का असहाय शोक था
मामी की घिसटती हुई लम्बी उबाऊ मृत्यु थी
और नानी का निर्विकार जीवन जो बार-बार
धँसा जाता था मोह-माया के पंक में

मामा के मुँह में था इतना सब कुछ
मगर इस बार जब मामा मिले
तो ग़ायब थे उनके सारे दाँत और मुँह था पोपला।

अकस्मात् एक दिन

हम सिर्फ़ सोचते रहेंगे
लेकिन अकस्मात् एक दिन माँ आ जाएगी
विस्मय और पुलक से भर देगी एक सुबह
प्रकट होगी नए अचार और पापड़ में
खाना परोसेगी और वैसी ही ज़िद करेगी जो माँ कर सकती है
मेरी तरफ़ देखेगी और चिन्तित हो जाएगी
वह देखेगी उस काया का क्षय
जिसे निर्मित किया था उसी ने
मुझसे कुछ कहना चाहेगी लेकिन उसके पास बहुत कम शब्द होंगे
और वे भी दोहराए जा चुके होंगे कई बार
लेकिन वह उन्हीं से काम चलाना चाहेगी

मैं बचना चाहूँगा, बदल दूँगा बात

मैं बदल चुका होऊँगा इतना कि लज्जित हो सकूँ
फिर भी ढूँढ़ लेगी वह मुझमें पुराने पहचान-चिह्न
नष्ट होते हुए शरीर में खोज लेगी बचपन और किशोरावस्था
उसी में दुर्दिन और जीवटता

उसी में खोज लेगी वह मेरे बच्चों को जैसे उनमें खोजती है मुझे
मुस्करा देगी मूँछों में सफ़ेद बाल देखकर
सहलाएगी सिर के आधे रह गए बालों को
वहाँ दोगुनी धूल और थकान देखकर ख़ामोश रहेगी
अपने बारे में बताएगी सिर्फ़ इतना
कि बनवा लिया है नया चश्मा

थोड़े-से समय में बचा हुआ है ज़्यादा जीवन
माँ जान चुकी है हमारे समय का धीरज
एक खाई में से निकलकर दूसरी खाई में गिरने की हमारी व्यस्तताएँ
वह विपत्तियों की सुरंग पार करके आई है
और कहती है ऐसा सबने किया है इसमें नया कुछ नहीं

हम सिर्फ़ सोचते रहेंगे
लेकिन अकस्मात् एक दिन माँ आ जाएगी
स्थगित करती हुई कुछ और समय के लिए
हमारे पश्चात्ताप।

अड़तालीस साल का आदमी

अपनी सबसे छोटी लड़की के हाथ से
पानी का गिलास लेते हुए
वह उसका बढ़ता हुआ क़द देखता है
और अपनी सबसे बड़ी लड़की की चिन्ता में डूब जाता है

नाइट लैम्प की नीली रोशनी में
वह देखता है सोई हुई बयालीस की पत्नी की तरफ़
जैसे तमाम किए-अनकिए की क्षमा माँगता है

नौकरी के शेष दस-बारह साल
उसे चिड़चिड़ा और जल्दबाज़ बनाते हैं
किसी अदृश्य की प्रत्यक्ष घबराहट में घिरा हुआ वह
भूल जाता है अपने विवाह की पच्चीसवीं वर्षगाँठ

अड़तालीस का आदमी
घूम-फिर कर घुसता है नाते-बिरादरी में
मिलता है उन्हीं कंदराओं में उन्हीं सुरंगों में
जिनमें से एक लम्बे युद्ध के बाद

वह बमुश्किल आया था बाहर

इस तरह अड़तालीस का न होना चुनौती है एक
जिसे बार-बार भूल जाता है
अड़तालीस साल का आदमी।

तीन बूढ़े

वह तीन बूढ़ों की पुलिया थी
एक लम्बा और ऊबड़-खाबड़ सफ़र तय करते हुए
थकान से चूर जब उन्होंने सिर उठाया
तो उस पुलिया को सामने पाया

उनमें से हर एक के पास अलग-अलग क़िस्से थे
कुछ बातें कुछ क़िस्से ऐसे थे जिन्हें सुन कर
आश्चर्य में डूब जाते थे शहर के बच्चे
चार मन का नाल उठाने
एक साँस में नदी पार करने
और बीस मील पैदल चलने की बातों से चमत्कृत था शहर
आना-पैसे में एक सेर की चीज़ों की स्मृति से
भरा हुआ था उनका संसार
उन्हें सूझता नहीं था कि आख़िर
क्या किया जाए इस महँगाई का
अपने बहू-बच्चों की बात करते हुए
वे छोड़ देते थे कई वाक्य अधूरे
न कहे गए शब्दों से सुनाई देता था उनका वर्तमान

वे अपना अतीत
पूर्वजन्म की तरह याद करते थे
अगले जन्म के बारे में अलग-अलग थी उनकी राय
लेकिन बहस के अन्त में तीनों कहते थे—
'अगले जन्म का क्या भरोसा!'
कभी-कभी उनमें से एक ज़िद करता था कि सब कुछ अभी
और इसी समय ठीक होना चाहिए

एक दिन पुलिया पर दो बूढ़े थे
और अधिक बूढ़े लगते हुए
तीसरे बूढ़े की अच्छाइयों
दोस्ती और ज़िद की याद करते हुए।

अपने शहर लौटते लोग

लोग बार-बार लौटते हैं अपने शहर
बेतहाशा घूमते हैं शहर की गलियों में
पुराने पार्कों में
बैठते हैं देर रात तक धार्मिक जगहों की सीढ़ियों पर
देखते हैं पुराने पेड़ों की पत्तियाँ और उनके बीच से रिसती चाँदनी
नई कॉलोनियों पुराने मकानों को पहचानने की कोशिश करते हैं

वे लौटते हैं अपने शहर और चकित होते हैं जैसे कोई अजनबी

दरअसल वे लौटना चाहते हैं अपने पुराने जीवन में
ढूँढ़ना चाहते हैं पुराने चेहरे पुराने चौराहे
खोजना चाहते हैं पच्चीस साल पुरानी गंध
जो अभी उनके नथुनों में बाक़ी है और महकती है
ढूँढ़ना चाहते हैं वे मैदान वे जगहें जहाँ से दिखता था पूरा आसमान
मगर पाते हैं अब वहाँ सब कुछ गुज़र चुका है
जैसे गुप्त-काल जैसे कुषाण वंश जैसे मोहनजोदड़ो

लेकिन अपना शहर है कि बुलाता है बार-बार

और लौटते हैं लोग घूमते हैं बेचैन
कि निर्माण के ध्वंस में शायद बची रह गई हो कोई चीज़
जो उन्हें भर देगी नए उल्लास से
जो दिला देगी उन्हें विश्वास
कि अरे, यही तो है अपना शहर!

किसी भी दिन

किसी भी दिन मुझे तेज़ लू लगेगी
और मैं दम तोड़ दूँगा

या यह होगा कि एक ट्रक मुझे कुचल जाएगा
और अस्पताल में न ख़ून होगा न डॉक्टर
बहुत मुमकिन है ट्रक-ड्राइवर भाग जाए
सेठ खिला दे एस.पी. को रुपया
पुलिस मेरे बिलखते पिता को डाल दे हथकड़ी
और थाने में दर्ज हो जाए कि रॉंग साइड था मृतक

चलते राहगीर ठिठक जाएँगे कहेंगे बुरा हुआ
सोचेंगे शायद जवान आदमियों की ईश्वर के यहाँ ज़्यादा ज़रूरत है
सिर झुका लेंगे शहर और मोहल्ले के लोग
धीरे से कहेंगे पत्नी के कान में—'वक़्त ख़राब है'
और चल देंगे अपने-अपने काम पर

आसपास की औरतें माँ को घेर लेंगी
होनी तो होकर रहती है आँसू पोंछ लो बहन

यही अवसर है धीरज की परीक्षा का
वे सुनाएँगी क़िस्से कि कब-कब कितने-कितने
जवान बेटे चले गए बाप के बूढ़े कंधों पर
फिर कहेंगी ईश्वर पर रखो भरोसा
ख़ुद को सँभालो मरनेवाले के साथ मरा नहीं जाता

उठते-उठते कुछ औरतें समझाएँगी
शाम हो गई है दीपक जला दो
बच्चे भूखे हैं उन्हें रोटी-पानी दो
और ध्यान रखना तुम्हारा दूसरा बेटा तेज़ धूप में बाहर न निकले
न घूमे-फिरे शहर की सड़कों पर
अगरबत्ती जलाओ बच्चे की आत्मा के लिए
प्रार्थना करो बहन!

फिर शुरू होगा घर में
कभी ख़त्म न होनेवाला रुदन।

भाग्य

वह हमें संस्कार की तरह दिया जाता है
और घटित होता है एक वज़नदार पत्थर की तरह
लगता है जो होना है वह होकर ही रहेगा
असहायता असहायता असहायता!
मन की सुदूर नीरव घाटी में बार-बार आती है यही प्रतिध्वनि

रात में बलशाली लगती हैं रोशनी और आवाज़ें
उससे ज़्यादा जितनी कि वे होती हैं
प्रियजन देखते रह जाते हैं अपने प्रिय को
ग़ायब होते हुए काल की गुफा में
कई बार अपने ही हाथों लगाते हैं वे गुफा के मुँह पर एक चट्टान

लेकिन यह जीवन ही है
जो नहीं करने देता ज्योतिष को संसार के अन्तिम निर्णय
बार-बार मज़ाक़ बन जाती हैं भविष्यवाणियाँ
जल्दी ही एक समय आता है जब मनुष्य
भाग्य से अलग करके गिनता है अपने दुर्दिन
और अच्छे दिनों के लिए नहीं लगाता गुहार परमपिता की

एक आदमी असमय बीमार होता है
और दूसरा ठीक रहता है सौ बरस तक
एक गद्दी पर बैठता है और दूसरा उसके आगे जोड़ता है हाथ
जीवन की इन क्रियाओं में भाग्य खोजना
व्याख्या करना है लगातार परास्त होते जाने की
आदमी जब इस वंशानुगत गुणसूत्र को एक तरफ़ करते हुए चलता है
तो वह कर रहा होता है नया आविष्कार
रात की रोशनी और सुनसान में की गई आवाज़ की तेज़ी से
वह चौंकता नहीं खोजता है अपना रास्ता

वह हँसता है उस झींगुर पर जिसकी आवाज़ सुनाई देती है
संगीत-कक्ष में सितार की तरह।

उम्मीद

अगले दिन की उम्मीद में बिताया जा रहा है
यह एक दिन
और इस तरह कई दिन दुःख के

जीवन के बचपने में गिरे स्याही के लाल-नीले धब्बे
सोखे जा रहे हैं उम्मीद के स्याही सोख्ते में
मद्धिम हो रही है रुदन की आवाज़ भी
डूब रही है वह काँपती हुई एक उम्मीद में
एक सच जीवित रहता है कि आख़िर वह झुठलाया नहीं जा सकेगा
सबसे दरिद्र आदमी भी नहीं करता है आत्म-हत्या
एस्किमो भी रच लेते हैं अपनी एक सभ्यता
हर अकाल और बाढ़ के बाद लोग देखते हैं आकाश
कि एक उम्मीद होती है वहाँ आश्वस्त करती हुई
एक नीली पानीदार तरल उम्मीद
वही जो रेगिस्तान में भी जीवित रखती है जीवन
जिसके सहारे निर्जन में भी खिलता है फूल
और अन्तरिक्ष में जाता हुआ इनसान नहीं होता उदास

इस समय जब मेरे सारे मित्र सिर झुकाए बैठे हैं
दिशाओं की लालिमा विलीन हो चुकी है रात के अंधकार में
जा चुके हैं लोग अपनी-अपनी जातियों की गुफाओं में
गूँज रहा है अर्थशास्त्रियों का अट्टहास
मानव-अधिकारों के लिए लड़े गए युद्ध की धूल में
छिप गया है तानाशाह का चेहरा
और जब दिखाई जानी चाहिए बच्चों की टूटती हुई साँस
दिखाई जा रही है मुक्केबाज़ों की हँसी
इस समय में भी यह उम्मीद ही तो है
जो बताती है विजय-पताका के पार का दृश्य
और थाम लेती है सबसे दुःखी आँख से गिरता हुआ आँसू

इस समय मैं इतना अकेला पड़ गया हूँ कि चुप हूँ
सब तरफ़ विवश आवाज़ों का व्यवसाय हो रहा है
अगले जन्म की ऐयाशी की तृष्णा में
एक भीड़ डुबकियाँ लगा रही है कीटाणुओं से भरी नदी में
लोग लटके हुए हैं क्रॉस पर पीट रहे हैं अपनी ही छातियाँ
और यह मैं किसी स्वप्न में से नहीं गुज़र रहा हूँ
कि इस जर्जर समय में भी
मेरे कन्धे पर है झुर्रियों से भरा एक हाथ

यह वही प्राचीन उम्मीद है
जो बार-बार संभव बनाती रही है
मेरे होने को
एक मनुष्य का होना।

यह बच्चा भद्र-संस्कृति से अनजान

उतरन का ढीला कुर्ता पहने
नीली पारदर्शी आँखोंवाला यह बच्चा
शिव-पार्वती की मढ़ी हुई तस्वीर लिए
खड़ा है आपके सामने
यह धार्मिक तस्वीर इसका पहला और आख़िरी हथियार है
मगर इसकी नीली-कोमल आँखें
भारी पड़ रही हैं शिव-पार्वती पर

पास ही खड़े एक साहब की झिड़कियों के कीचड़ में
अपने नाज़ुक तलुओं के निशान छोड़ता हुआ
यह अब आपके सामने है
और आप इसके भिखारी होने का
यक़ीन ही नहीं कर पा रहे हैं

प्रिय भद्र पुरुष!
यह इतना आनन्ददायी और विस्मयजनक है
कि यदि यह बच्चा आपके क्लब के
सालाना जलसे में पहुँच जाए तो आप इसे बेहिचक

फैंसी-ड्रेस का पहला पुरस्कार दे दें

भद्र-संस्कृति से अनजान बच्चा यह सब नहीं समझ पा रहा है
और चुपचाप शिव-पार्वती लिए
आपके सामने खड़ा है।

साध्वियाँ

उनकी पवित्रता में मातृत्व शामिल नहीं है
संसार के सबसे सुरीले राग में नहीं गूँजेगी
उनके हिस्से की पीड़ा

परलोक की खोज में
इसी लोक में छली गईं वे भी अन्ततः स्त्रियाँ हैं
जिनसे हो सकती थी वसंत में हलचल
रो सकता था जिनके वियोग में एक दु:खी हृदय
वे हो सकती थीं बारिश के बाद की धूप
वे हो सकती थीं दुनिया की सबसे तेज़ धाविकाएँ
कर सकती थीं नए आविष्कार
उपजा सकती थीं खेतों में अन्न
वे हो सकती थीं ममता का अनथका कंठ
जिसकी लोरी से धरती के बच्चों को आती है नींद

मगर अब वे सिर्फ़ पवित्र नदियों की सूखी हुई नहरें हैं
या तुलसी की पत्तियाँ
धार्मिक तेज ने सोख लिया है उनके जीवन का मानवीय ताप

वे इतनी पूजनीय हैं कि अस्पृश्य हैं
इतनी स्वतंत्र हैं कि एक धार्मिक पुस्तक में क़ैद हैं

उनका जन्म एक उल्लसित अक्षर की तरह हुआ था
और शेष जीवन
एक दीप्त-वाक्य में बुझ गया।

आख़िरी दुकानदार

दूर एक दुकान से आ रही पेट्रोमैक्स की
छनी हुई रोशनी में
वह गिन रहा है दिन भर की बिक्री के पैसे
अलग कर रहा है रुपयों को सिक्कों से
जैसे अपने अच्छे और कम अच्छे दिन

अमरूद बचे हुए हैं और दिन पूरा ढल चुका है
'बस, अब घर चलो'—का निर्णय
साफ़ दिख रहा है उसकी बूढ़ी आँखों में
उसके चेहरे पर चमकने लगा है उसकी पोती का चेहरा

चलने से ठीक पहले वह बग़ल से जाते हुए आदमी पर
डालता है उम्मीद की ठिठकती हुई निगाह
फिर एक बार और गिनता है दिन भर की बिक्री
रुपये-पैसे
जैसे ज़िन्दगी के गिने-चुने दिन

'अगर ऐसा ही रहा तो अमरूद स्वाद से ग़ायब हो जाएँगे'

डलिया सिर पर उठाते हुए बुदबुदाता है बूढ़ा
वह बाज़ार का सबसे आख़िरी दुकानदार
बाज़ार की सबसे बूढ़ी उम्मीद की तरह
जाता है घर।

परिचय

सुन्दरता की हिंसा में मारा गया
मैं एक सरल मनुष्य हूँ

पक्षियों की बोली से मोहित
देह के वसंत में मूर्च्छित हुआ
झरी हुई पत्तियों पर
किसी के चलने की ध्वनि से भरा
मैं एक प्राचीन मनुष्य हूँ

पृथ्वी को हल की फाल से उर्वर बनाता
लकड़ी के लट्ठे से पार करता सागर
और अपने नाद से भरता यह आकाश
मैं एक अपराजित वंश की
आदिम पहचान हूँ

काम-क्रोध-मद के लोभ में डूबा
ईर्ष्या और प्रेम की अग्नि से गुज़रता हुआ
हर सुन्दरता के मोह से ग्रसित

मैं एक सरल लालसा का
कठिन जीवन हूँ

समय की इस प्रेत-योनि में
चिलचिलाती रेत में पोखर ढूँढ़ता हुआ
बहुत पहले सुन्दरता की हिंसा में मारा गया

मैं एक शाश्वत मनुष्य हूँ।

अभ्यास

एक दिन में नहीं आई दु:ख सहने की ताक़त

एक दिन में नहीं आ गया मैं गुफा से बाहर
एक दिन में नहीं बन गई रेलगाड़ी
चाय की केतली से एकदम उछलकर नहीं आई वह
उसका पहला हिस्सा बना था जब पहिया आया संसार में
उसके बाद धीरे-धीरे रोज़-रोज़ बनी वह
जैसे एक दिन में नहीं पहुँच गया आदमी अंतरिक्ष में

इसी तरह बार-बार किया सन्देह
और अर्जित किया विश्वास करने का साहस

यह जीवन एक दिन का नहीं है
यह तो संचित जिजीविषा है जो मिली है मुझे वन-मानुष से
और आगे के मनुष्यों के लिए मेरे आयतन की ज़िम्मेवारी
शुरू से अब तक जोड़ूँ तो एक दिन में नहीं आया
दु:ख सह कर सुख पाने का सलीक़ा
एक रात में नहीं जीते गए रहस्यों के दुर्गम क़िले

एक दिन में हल नहीं किए गए सृष्टि के बहुतेरे प्रश्न

यह सब अभ्यास की लम्बी परम्परा है
मैं इसी परम्परा का एक ज़रूरी हिस्सा हूँ
रोज़-रोज़ करता हुआ अभ्यास
लगाता हुआ बार-बार अपने निशाने!

जिन्होंने नहीं कमाया यह जीवन

जिन्होंने नहीं कमाया यह जीवन
अमीर कोख की वजह से ही रहे जो सम्पन्न
जिन्होंने मस्तिष्क को गुर्दे की तरह सिर्फ़ एक अंग समझा
और आत्मीयता को ऐकिक-नियम के सवाल की तरह हल किया
वे नहीं जान पाएँगे मनुष्य किस तरह भिन्न हुआ पशु से
'पृथ्वी आग का गोला थी' से लेकर
आज तक की कथा उन्हें कभी नहीं आएगी समझ में

जैसे वे कभी नहीं जान पाएँगे किसान को
जिन्होंने एक साथ ख़रीद लिया साल भर लायक अनाज
और अनावृष्टि के दिनों में नहीं हुए क़तई उदास

वे जिन्होंने नहीं कमाया जीवन का एक भी दिन
लगातार मुग्ध होंगे अपने वैभव पर
और अपनी सम्पन्नता को ईश्वर का प्रताप समझते हुए
कहेंगे धर्म-सभा में—
यह ईश्वर की इच्छा है कि ग़रीब आदमी बना रहे ग़रीब
और धनी आदमी को धनी बनाए रखने में श्रमदान करे

यही ईश्वर की इच्छा है
यही है ईश्वर की इच्छा!

जिन्होंने नहीं कमाया इस जीवन का एक भी क्षण
वे सब बन जाएँगे एक दिन
ईश्वर के प्रवक्ता!

चुनाव

चुप रहता तो बहुत ऐश्वर्यशाली होता

ज़रा-सा झूठ बोल कर हो सकता था प्रतिष्ठित
सिर्फ़ नीले या पीले रंग को पूरा इन्द्रधनुष कहकर
पा सकता था नीले-पीले रंग का प्यार
अपनी भाषा-शैली में ला सकता था लचक
विकट विनम्रता और चाटुकारिता
हो सकता था लोकप्रिय अपार

सफल लोग ऐसा ही कर रहे थे तन्मय
चलन में आ गया था अंतरात्मा से अलग जीवन
प्रशासक से गहरी मित्रता
और प्रशासक की नीतियों से गहरी असहमति
सब कुछ चल रहा था साथ-साथ
मैं भी चुन सकता था द्वंद्वात्मकता का सबसे सरल हल

लेकिन मैं बोला वहाँ भी
जहाँ शक्तिशाली लोगों को लालच ने मूक बना दिया था

नहीं किया मैंने भाषा के अक्खड़पन को बहिष्कृत
जो मन में रहा सबको बताया
इस तरह ज़िद की कि चुना
असफल जीवन।

इस तंत्र में नौकरी

एक शुरुआत से ख़तरे में पड़ती है
और कई चीज़ों की शुरुआत

जहाँ से हमारी दिनचर्या और रक्त में शामिल होती हैं
कुछ धमकियाँ। और दहशत। और सुरक्षा। और लालच।
आरम्भ होते हैं कुछ स्वाँग। कुछ झूठ। कुछ अभिनय
और थोड़ी-सी बेईमानी

समय-सूचक यंत्र जहाँ बड़े हो जाते हैं समय से
आदमी से और उसकी इच्छाओं से
जहाँ झुके हुए सिर का कोण तय करता है
आदमी की योग्यता
वह एक अलग संसार होता है संवेदनाओं से परे
जहाँ अकसर याद आते हैं कुछ तोते
उनका जीवन
और बचपन में सुनी सात समुन्दर पार की राक्षसी-कथाएँ

एक शुरुआत

जहाँ से अलग होना शुरू होते हैं अपने-आप से हम
और यही है वह जगह जहाँ एक साथ हम
कमज़ोर और सुरक्षित हो रहे होते हैं।

जहाँ हम टूट रहे होते हैं और हँस रहे होते हैं।

जो विरुद्ध है

प्रेम जानने के लिए जाना होगा प्रेम के विरुद्ध
धर्म जानने के लिए सोचना होगा उस तरह से भी
जो विरुद्ध है

अशोक स्तम्भ के नीचे बने शेरों में से
चौथा शेर देखने के लिए जाना होगा नेपथ्य में
सामने से तो दिखेंगे बस तीन ही शेर

रोज़-रोज़ एक ही ग्रंथ पढ़ने से
हर पंक्ति पर हाँ-हाँ कहने से धन्य नहीं होगा जीवन
बैठना होगा असहमति की चट्टान पर भी
स्वीकार्य दुनिया का सत्य जानने के लिए
स्वागत करना होगा वर्जित व्यक्ति का

जो विरुद्ध है
वह एक बार फिर नए सिरे से चीज़ों के सामने है।

इच्छाओं के प्रकाश में

इच्छाओं के प्रकाश में
सब कुछ साफ़ दिखाई देता है
वह भी
जो नहीं है

लेकिन होगा एक दिन!

रोज़ का रास्ता

सुबह-सुबह एक बस काम पर ले जाती है मुझे प्रसन्न
अपनी थकान के साथ वापस लौटता हूँ दूसरी बस में
यात्रा के रास्ते का एक उदास वृक्ष
रोज़ मुझे मेरी ही याद दिलाता है
जिस रास्ते गुज़रती है मेरी उदासी और प्रसन्नता
वहाँ से इतने लोग आते हैं जाते हैं
कि रास्ते का सुनसान
बदल जाता है जीवन की चहल-पहल में

बकरियों और गायों का झुंड लौटता है मेरे लौटने के समय में
जाते हुए जो दृश्य गए थे मेरे साथ
एक-एक कर लौटते हैं वे वापस अपनी जगहों पर
विदा देता हूँ उन्हें
फिर वे सब अगली सुबह मिलते हैं जैसे मिले वर्षों बाद

लकड़ी बेचनेवाली लड़कियाँ-औरतें मिलती हैं बोझा उठाए
शिवालय की पहाड़ी के उस पार से
शिव मन्दिर की ऊपरी चट्टान की धूप पर

नंगे पाँव रखती हुई आती हैं वे
कोलतार पिघलता है काला पड़ता है नित नए दुःखों से
रास्तों पर यह चिपचिपाता गरम दुःख
चिपकता है नंगे तलुओं से फिर घूमते पहियों से और पहुँचता है दूर तक
एक दुःख पहुँचता है दूसरे दुःख के क़रीब
जैसे बीज पहुँचते हैं जानवरों के खुरों के साथ
कीट-पतंगों के साथ
वैसे ही दुःख पहुँचता है मैदान का पहाड़ों तक
पहाड़ों का समुद्र तक समुद्र का आसमान तक
इस तरह के दुःख के आसमान के नीचे रास्ता है एक
जिस पर यात्रा करता हूँ रोज़-रोज़

कंक्रीट-कंकाल आते हैं बदलता है दृश्य
मल्टीनेशनल और धनाढ्य चिमनियों का धुआँ जुड़ता है
आसमान के दुःख में
उसी धुएँ में शामिल होता है
एक ढाबे की भट्ठी का सुबह-सुबह का धुआँ
बीच-बीच में आधे-अधूरे खेत हैं किसानों को करते हुए चिन्तित
वहीं मन्दिर हैं पुजारी हैं बस रोकते हुए
बजाते दानपेटियाँ
भिक्षा की आवाज़ के क़रीब ही मज़ार है एक
हरे पेड़ के नीचे हरी पुती हुई खोई हुई दृश्य में
लोबान की ख़ुशबू इतनी तेज़ जैसे अमीर स्त्री का सेंट
वहीं आसपास आबादी के टोले हैं
भूखे-नंगे टोले जैसे कि बस में से दिखते हैं उनके बच्चे
ये सब मेरी यात्रा में आते हैं सपाटे के साथ

इतने ही सपाटे में दिखाई देती है
कुएँ से गहरा पानी खींचती हुई एक स्त्री
एक और स्त्री तीन कलसे जमाती हुई अपने सिर पर

इतनी सरलता से कि प्रतिदिन के अभ्यास ने
सरल कर दिया है सन्तुलन का समीकरण
जीवन की कठिनता में बार-बार याद आएगा यह दृश्य
और सपनों में से गुज़रेगी एक मालगाड़ी
जो गुज़रती है बस के समानान्तर
हम दोनों दौड़ते हैं साथ-साथ दो मील
फिर वह बदलती है दिशा और गुम हो जाती है एक पहाड़ी में
मेरी दिशा दूसरी है

भाग रहा हूँ मैं सत्तर किलोमीटर प्रति घंटे की रफ़्तार से
छोड़ता हुआ रास्ते की कई ज़रूरी चीज़ें
दिमाग़ नौकरी पर समय से पहुँचने की चिन्ता से भरा हुआ
मेरे साथ भाग रही है एक भीड़
मेरे आगे भी इसी तरह भागकर गए हैं कुछ लोग
कुछ बदहवास-से आ रहे हैं पीछे
गुज़र जाएँगे वे भी छोड़ते हुए कोलतार से सने पाँव
शिवालय की घंटियों की चेतावनी जंगल में
पीछे रह जाएगी सागौन के बड़े पत्तों की छाँव
बहुत जल्दी में गुज़र जाएँगे काले-सूखे टोलों से
मन्दिर-मज़ार के सामने याद से झुकाएँगे सिर
कोई-कोई चुपके से
कुछ लोग झटके से और कुछ करते हुए घोषणा
कि लो सुनो ईश्वर और दर्ज करो हमारा पुण्य
फिर अनदेखा कर देंगे सूखे खेत कंक्रीटों के जंगल
पी जाएँगे चिमनियों का धुआँ
ढाबे के सामने पड़ी खटियों से हटाते हुए निगाह
भूल जाएँगे उस दुःख के बारे में भी जो बीजों की तरह
पहुँच रहा है उनके काम करने की जगहों पर

मैं एक निश्चित दिशा निश्चित जगह को

पछीटता हूँ एक ही घाट पर
नौकरी का रास्ता वक्र है
सरल बिन्दु तक पहुँचता हुआ
वहीं पहुँचता हूँ मैं
दिशाओं की आवाज़ रह जाती है
पीछे छूट गए जंगल के उस पेड़ पर
जो है इतना ऊँचा
कि पूरा देखूँ तो सिर होता है ऊँचा

सुबह वही आवाज़ आती है एक चिड़िया के गले से
और शामिल होती है नए सिरे से
मेरी रोज़-रोज़ की यात्रा में।